Pef

Motordu

FAIT DU SAUT EXQUIS

GALLIMARD JEUNESSE

Un soir, à table, le prince de Motordu fit tinter sa cuillère contre son assiette de soupe :

– Merci de m'égoutter un instant. Nous menons ici une belle vie de chapeau, mais, parfois, j'aimerais changer nos habitudes. Hum, un peu de vacances nous ferait beaucoup de bien…

– Beaucoup de vacances nous ferait aussi un peu de bien, s'écrièrent ses deux enfants debout sur leurs chaises. Oui ! À la mer ! À la mer ! Ah, la mer !

– Un peu de calme, Marie-Parlotte, et toi aussi, Nid-de-Koala, exigea leur mère, la princesse Dézécolle.

– Fausse bonne idée, mes chers petits, marmonna leur père. Nous sommes en hiver et l'hiver est amer à la mer. L'eau y est glaciale, voire tempête tueuse et le soleil se gâche trop souvent derrière les nuages. Et puis, souvenez-vous, nous nous sommes rendus il n'y a pas si longtemps sur la Botte d'Azur.

– Nous choisirons donc la montagne, décida la princesse.

– À la neige, à la neige… ah, la neige ! applaudirent les deux enfants.

Quelques jours plus tard, après l'annonce, justement, de chutes de neige imprudemment tombées de haut, toute la famille, valises bouclées, se trouva fin prête. Le prince de Motordu utilisa d'abord sa toiture pour rejoindre la gare de Lions, située près du petit zoo de sa principauté.

– Mais, pourquoi changer de moyen de transport, s'étonna le petit Nid-de-Koala ?

– En cette saison, le ciel est aussi dangereux que la route, lui expliqua son père. Là-haut, ce ne sont qu'embouteillorages, nuages, brouillards ou brumes perfides. Il faudrait être givrés pour tenter l'aventure en toiture !

– Le train est donc la meilleure solution, admit son fils en imitant le cri puissant d'une locomotive. Hou-hou-ou-ou ! C'est chouette !

Il y avait foule tout autour de la gare et sur les quais. Les voyageurs agitaient leurs skis, leurs bonnets et leurs sacs à dos en parlant très fort. Marie-Parlotte nota qu'ils avaient dû se tromper : pas la moindre trace de neige autour d'eux ! Elle en conclut que si tout ce petit monde partait un jour à la mer, il serait déjà en maillot de bain. Puis elle s'exclama :

– Regarde, maman, ils sont tout pâles. Le voyage en train leur fait si peur ?

La princesse Dézécolle hocha la tête :

– Ils seront bronzés à leur retour. Tu sais, ça fait très chic de pouvoir bronzer en hiver à la neige…

Soudain, au-dessus des têtes, les haut-parleurs crachotèrent :

– Intention… intention *scrouic*… Les voyages à l'heure pour… Gueux-noble *trssf*… Champ-péri *ertch*… Albert-vide, quai numéro euh… voie huître *broutch*…

– Tu parles d'un beau parleur, s'écria le petit Nid-de-Koala, on comprend rien.

– Ah, soupira Motordu, tordre les mots n'est pas à la portée de tout le monde. Vite, quai numéro 2, voie 8 ! Nous allons gagner nos places…

Un autre train passa au ralenti dans un rugissement menaçant de roues et de freins.

– Pas dans celui-là, cria Marie-Parlotte, je ne veux pas monter dans un dragon de marchandises !

– Vous avez bien vos billets, les enfants, s'enquit le prince ?

– Oui papa, le rassura sa fille, le mien est sur mon cœur. C'est un billet doux…

– Le mien, dans ma poche à billes, certifia son frère, babillant : Billes-billet-billet-billes. Fastoche pour s'en souvenir !

– Bravo, Buffalo-billes, approuva Marie-Parlotte.

Le voyage vers les sports divers commença donc à bord d'un TGF, un train à grande finesse étudié pour mieux se faufiler dans les vallées étroites. Mais plus ce train se rapprochait des montagnes, plus la température baissait. Y compris dans les wagons, ce qui n'était pas normal.

– Ça commence bien, ironisa le petit Nid-de-Koala en s'étirant sur son siège, nos glaces assises nous habituent au froid qui nous attend.

– On aurait dû voyager en première place pour arriver en tête, soupira Marie-Parlotte.

– On va où, en fait, papa ? demanda son frère.

– Un peu de patience, conseilla Motordu, l'hiver nous réserve toujours des surprises.

Le TGF finit par s'arrêter au pied de massifs enneigés dans une gare où un autocar attendait nos passagers pour les conduire à la station par des routes fort étroites. Il soufflait là-bas un vent si fort que le petit Nid-de-Koala craignit de perdre tous ses cheveux.

– J'ai tout compris, papa, on est dans les scalps !

– Bien vu, fiston, et bienvenue dans les scalps de Haute-Savoie.

– Je préfère les Pyrénées, dit Marie-Parlotte !

Son frère la poussa du coude :

– Et en pire aînée, tu t'y connais. Tu es plus âgée que moi, non ?

Le prince de Motordu chercha l'adresse de la location, finit par la trouver dans une des rues de la station, non loin des pistes :

– Voilà, annonça-t-il, c'est ici… Euh, immeuble C, étage 8, studio 212…

– Quoi, rugirent les enfants, on ne va pas habiter dans un beau chalet perdu dans les sapins ? Avec des ours et des loups tout autour, et même des renards des neiges !

– Au lieu de ça, on a tout juste droit à une cage à lapins ! Bouh !

Motordu éclata de rire :

– Pas besoin de chalet. Dans cet appartement, chaque soir, vous retrouverez vos lits superposés où vous tomberez de fatigue et dormirez comme des marmottes.

– C'est vrai, reconnut Marie-Parlotte, après tout, mon frère et moi, nous sommes quoi ? Des marmots, non ?

Après avoir posé les bagages dans leur studio, les Motordu se dirigèrent vers le magasin de location de matériel. Il y avait là tellement de monde que Nid-de-Koala se croyait le dimanche matin dans une boulangerie. D'autant plus que l'affluence allait croissant.

TOUT SKI FAUT
ICI
CAISSE
SK

Enfants et parents essayèrent des lunettes, des combinaisons, des chaussures, mais Motordu refusa d'abandonner sa cape et de s'équiper d'un casque :

– Je suis un prince. Je dois garder mon rang et mon château sur ma tête.

La princesse Dézécolle toussota :

– Un peu de modestie, mon cher époux. Prince ou pas, vous ferez moins le fier, là-haut, sur les pistes. Mon skieur le débutant a peut-être rendez-vous avec Dame la neige, non ?

La famille loua aussi des skis pour chacun de ses membres. Personne n'en avait encore chaussé. Tous prirent quelques cours pour en savoir plus long sur la technique de glisse. Ce furent les enfants qui s'en tirèrent le mieux, comme d'habitude.

– Ne t'en fais pas, papa, lança le petit Nid-de-Koala. Skier, c'est comme faire du vélo avec des pneus à plat. Oui, à plat, mais en descente, ah ! ah ! ah !

– Impossible, se désola Motordu, je ne vois pas de guidon !

– Guidons-nous avec les jambes et les bâtons, conseilla la princesse Dézécolle.

– Alors, ne mettons pas ces bâtons dans nos roues, conclut le prince un peu perturbé par cette histoire de vélo.

Mais, beau joueur, il reconnut que ses enfants avaient bien retenu les leçons et méritaient une récompense. Le moniteur était, lui aussi, fier de ses deux élèves :

– Approchez, leur lança-t-il, pour vos efforts, pour votre adresse à ski, je vous décerne à tous les deux votre premier flacon !

– Non, merci, fit Nid-de-Koala, je ne bois pas d'alcool.

Mais, tout heureux de pouvoir les récompenser, le moniteur leur tendit deux jolis petits flacons. Dans chacun d'eux, il y avait un peu de neige.

Marie-Parlotte, tout comme son frère, remercia le moniteur, mais intérieurement, elle était persuadée qu'une fois bien au chaud dans le studio, la neige du flacon aurait vite fait de fondre.

Le moniteur devina sa pensée :

– Tsss, tsss, je précise que ces flacons sont dorés. Ne dit-on pas que la montagne, en hiver, c'est l'or blanc. Et l'or, mes chers petits, ça ne fond jamais.

Ne ratant jamais une occasion de faire un bon mot tordu, le prince ajouta :

– Et le trésor de la montagne, une fois la neige fondue en été, c'est nid vert ?

Le moniteur s'éloigna en répétant cette dernière phrase qu'il avait du mal à comprendre. Il se retourna une dernière fois et s'écria :

– Bonne chance, les tordus, c'est tout droit jusqu'en bas ! Ha ! Ha ! Ha !

Après un certain nombre de chutes qui n'avaient rien à voir avec celles de la neige, Motordu et les siens empruntèrent une cabine télé-féerique.

À son bord les enfants s'émerveillèrent devant le paysage qui s'étendait sous eux. Tout en bas, les skieurs paraissaient minuscules.

– On dirait des poux, suggéra Nid-de-Koala.

– Illusion due à cette espèce de remonte-lente, se consola Marie-Parlotte en se grattant la tête sous son bonnet.

Au terminus de la cabine quatre pistes s'offraient aux skieurs. Du vert, pour la plus facile, au noir pour la plus dangereuse.

Pas assez mûre, Marie-Parlotte faillit tomber dans les pommes sur la verte.

Ayant choisi la bleue, Nid-de-Koala, après avoir chuté plusieurs fois, se retrouva avec plein de bleus sur le corps, surtout sur les fesses.

La princesse Dézécolle perdit un ski sur la piste rouge. Elle descendit comme elle put, en même temps qu'une rougeur de honte écarlate lui montait aux joues.

Enfin, le prince de Motordu, qui se vantait de ne pas avoir peur du noir, ne reparut à la station que tard dans la nuit. Il s'était perdu en route. Mais nos quatre amis jurèrent de bientôt recommencer.

Hélas, le lendemain matin, une alerte retentit au bas des pistes : Le risque d'avalblanche était à son niveau maximum !

– Une avalblanche, demanda Marie-Parlotte, c'est quoi, papa ?

– Si la neige est tombée trop abondamment, elle glisse le long de la pente et fauche les imprudents. Ils peuvent en mourir étouffés, de la neige plein le nez et la bouche… D'où ce nom d'avalblanche.

Marie-Parlotte frissonna mais le froid n'y était pour rien.

Pour calmer les courbatures de la veille et respecter le risque d'avalblanche, la princesse Dézécolle emmena son petit monde à la patinoire. On y donnait un spectacle de badinage artistique.

– C’est quoi, ça ? demanda le petit Nid-de-Koala.

– De la danse sur glace, un peu comme une boum, quoi !

– Une boum, maman ? Un spectacle qui explose ? s’effraya Nid-de-Koala.

– Pas du tout. C’est de la danse. Comme dans les bals quand les couples dansent sur place.

– Les balles, c’est très dangereux, assura le frère de Marie-Parlotte.

– Reprenons, fit patiemment la princesse. Danser sur place, à la fin, c’est lassant. Mieux vaut danser sur glace, car la glace, ça glisse.

Une fois installée au premier rang, la famille Motordu suivit les élégantes évolutions d’un couple se donnant la main, le bras, se prenant par la taille, s’attirant ou se repoussant en musique.

– On dirait qu’ils s’aiment très fort, chuchota Marie-Parlotte.

– Tu as raison, approuva son père. C'est cela, le badinage artistique. Une histoire d'amour à faire fondre la glace. Mais pas avant le printemps, naturellement.

Après le spectacle la patinoire fut ouverte aux spectateurs et les deux enfants de Motordu, chaussés de patins, s'aventurèrent sur la piste.

– C'est magique, je peux me voir tomber à l'envers, à cause de cette glace qui est un vrai miroir, s'étonna le petit Nid-de-Koala.

Un autre jour, au matin, la princesse annonça à ses enfants que toute la famille allait se mettre au ski de fond. Son fils en fut effrayé :

– La neige fond ?

Sa maman le rassura :

– Mais non ! En altitude, la neige est verglacée, donc trop dangereuse. Nous restons en bas.

– Mais pourquoi on dit « fond » ? demanda Marie-Parlotte.

Le prince connaissait cette discipline qui consiste à marcher, skis aux pieds en s'aidant des bâtons. Au calme, en suivant des pistes balisées parmi les sapins.

– Alors, papa, pourquoi ? insista Marie-Parlotte.

– Tu verras bien, lui lança-t-il.

La famille se mit en chemin blanc mais les enfants trouvaient que cela n'allait pas assez vite.

– Prenez bien le rythme, conseilla le prince. Allez, on chante : « Ainsi font, font, font, les petites marionnettes ! » Une deux, une deux…

Les gestes des enfants devinrent saccadés mais ils avançaient beaucoup plus vite :

– J'ai compris, s'écria le petit Nid-de-Koala. Regardez ceux qui nous suivent ou ceux qui sont devant nous, et regardons-nous. On est tous devenus des petites marionnettes.

– Ainsi font, font, font… chantonnait vaillamment Marie-Parlotte.

– Voilà la réponse à ta question, ma fille ! Le son « fon » mais avec un « d », comme pour le « fond de la vallée » où nous skions en ce moment.

Alors qu'ils progressaient, le fond de la vallée étincelait, ressemblant à un berceau de neige piqueté de sapins et grainé de rochers. Quant au vent, il s'était endormi entre ombre et soleil.

La station de sports divers avait, jadis, reçu les jeux Olympiques. Les équipements étaient encore en place. Chacun pouvait en profiter.

– Là, s'écria le petit Nid-de-Koala, un toboggan géant !

– Mais non, corrigea la princesse, il s'agit d'un tremplin. On l'utilise pour le saut à skis ! Le prince eut aussitôt envie de l'essayer. Il gagna à pied le sommet du tremplin, chaussa ses skis et s'élança.

Sa famille le vit dévaler la pente puis bondir entre ciel et terre :

– Je vole, les enfants, je vole !

Penché vers l'avant, cape au vent, Motordu filait au-dessus des sapins tout en perdant de l'altitude. Il toucha le sol après un saut exquis de cent mètres.

– Sans maître pour t'apprendre tu as réussi un véritable exploit ! Chapeau, champion ! Eh, papa, relève-toi ! Eh, champion, tu m'entends ?

Motordu gisait dans la neige, grimaçant de douleur :

– J'ai mal, j'ai mal à l'épaule... !

– Laquelle, mon pauvre ami ? L'épaule Nord ou l'épaule Sud ?

– Je ne sais pas, je suis perdu ! Déboussolé !

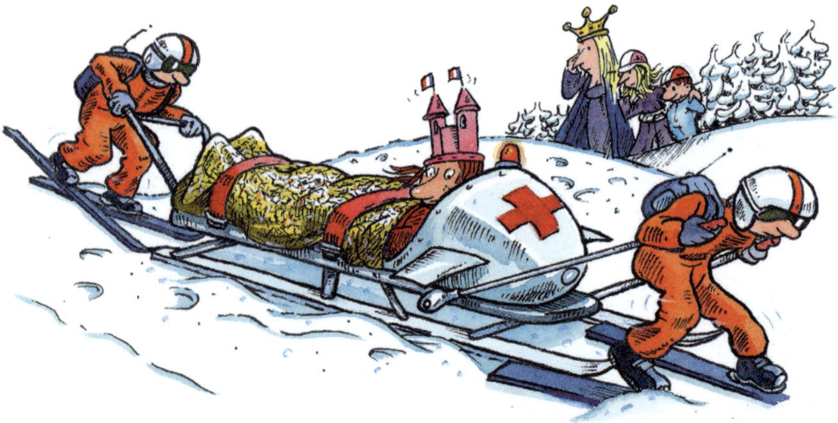

La princesse Dézécolle alerta les secours qui arrivèrent très vite. On allongea Motordu sur une civière qui fila comme une rivière entre les rochers pour gagner la vallée.

Au centre de soins, une fêlure fut détectée et l'épaule princière meurtrie fut plâtrée :

– Faut ski faut, tenta de plaisanter Motordu. Je serais bien resté là-haut, entre ciel et terre. Mais tous les moments exquis ont une fin. Comme une partie de pêche ou une assiette de pâtes. Quel emplâtre je suis !

– Heureusement que ça n'est pas arrivé en début de séjour.

– Voici la nuit, à présent, constata la princesse. Notre dernière soirée, ici ! Ne faites pas cette tête, les enfants, faisons plutôt la fête. Allons savourer une bonne fondue au restaurant.

– Bien chaude et surtout sans neige fondue, espéra Marie-Parlotte.

Le lendemain matin, les enfants semblaient tout tristes de quitter le grand cirque enchanteur. Entre les chalets manœuvraient voitures et autocars soulevant des gerbes d'eau mêlées de bouillasse.

– La neige est devenue la beige, c'est nul comme couleur, déplora Nid-de-Koala.

– Nous allons retrouver les routes grises de la vallée, annonça la princesse.

– Dur-dur à avaler, ajouta Marie-Parlotte.

Dans l'autocar qui la ramenait à la gare, la famille ne dit pas un mot. Chacun et chacune pensait aux heures merveilleuses passées là-haut. Et bien des souvenirs glissaient dans leurs mémoires. Des regrets, aussi. Le petit-Nid de Koala aurait bien aimé savoir comment on peut arrêter le hoquet sur glace. Tant pis, pensa-t-il, ce sera pour la prochaine fois…

Le retour au chapeau fut une vraie surprise. La neige semblait avoir accompagné la famille. Ce qui troubla beaucoup les enfants :

– Avoir fait un si long voyage alors qu'il y en avait ici, de la neige !

– Mais comme on dit chez nous, intervint la princesse Dézécolle, ça ne va pas tenir. Il ne fait pas assez froid. N'oubliez pas que nous avons, quand même, eu la chance de découvrir le monde merveilleux des montagnes !

– Il ne nous reste qu'à imaginer des bonds d'âne, sans skis ni remonte-lentes, se désola le petit Nid-de-Koala.

– À nous poules et bonnes pommes de neige ! s'enthousiasma Marie-Parlotte.

Un peu plus tard, trônait, à l'entrée du chapeau, un magnifique

bonhomme de neige à l'effigie du prince de Motordu :

– Tout de même, articula Motordu après avoir complimenté ses enfants, je ne m'écrierai plus « Palsambleu ! » mais « Palsamblanc ! ».

Et, dans son esprit d'incorrigible rêveur, il continuait à tracer sur les pistes immaculées les pleins et les déliés d'un bonheur passager, pas sage du tout, mais inoubliable.

L'auteur-illustrateur

Je suis né en 1939. Je suis fils de maîtresse d'école et j'ai vécu toute mon enfance dans des cours de récréation. J'ai pratiqué les métiers les plus variés, de journaliste à essayeur de voitures de course. À trente-huit ans et deux enfants, je dédie mon premier livre *Moi, ma grand-mère…* à la mienne, qui se demande si son petit-fils sera jamais sérieux un jour. C'est ainsi que je deviens auteur-illustrateur et que naît, en 1980, le prince de Motordu, personnage qui aura rapidement une destinée royale. Lorsque je veux raconter mes histoires, j'utilise deux plumes : l'une écrit et l'autre dessine. Depuis près de trente ans, je parcours inlassablement le monde à la recherche des « glaçons » et des « billes » de toutes les couleurs, de la Guyane à la Nouvelle-Calédonie, en passant par le Québec ou le Liban. Je me rends régulièrement dans les classes pour rencontrer mon public à qui j'essaie de transmettre le goût de la liberté, de l'amitié et de l'humour.

Pef

Découvre les autres aventures du **prince de Motordu**

Motordu a pâle au ventre

Motordu as à la télé

Motordu au pas, au trot, au gras dos

Motordu champignon olympique

Motordu est le frère Noël

Motordu et le fantôme du chapeau

Motordu et les petits hommes vers

Motordu et le père Hoquet

Motordu sur la Botte d'Azur

Motordu pelote d'avion

Mis en couleurs par Geneviève Ferrier

Maquette : Karine Benoit

ISBN : 978-2-07-510629-0
N° d'édition : 356019
Loi n° 49-956 du 16 juillet 1949
sur les publications destinées à la jeunesse
Dépôt légal : mars 2019
Imprimé en Espagne par Novoprint (Barcelone)